MW00782277

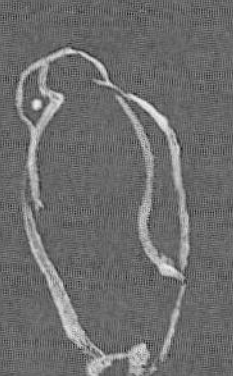

Texto de Jean-Baptiste Baronian
Ilustraciones de Noris Kern
Título original: De tout mon coeur
Traducción y adaptación de María Barrionuevo Almansa

Pujades, 81. 08005 Barcelona
Producido por Rainbow Grafics Intl - Baronian Books
Impreso en la CE

Jean-Baptiste Baronian - Noris Kern

Con todo mi corazón

Traducción y adaptación de María Barrionuevo Almansa

Esta mañana, Polo, el pequeño oso polar,
va a pescar al hielo.
Mientras está ocupado en sacar un pez del agua,
llega un caribú.
—¡El agua está helada! —le dice el caribú—. Ten cuidado: si te resfrías, tu mamá se pondrá triste.
Ya sabes que ella te quiere con todo su corazón.

Polo está confundido.
No entiende cómo su madre
puede quererle con todo su corazón.
“Tengo que preguntárselo”, se dice a sí mismo.
Y sale del banco de hielo para volver a casa.

En el camino de vuelta, tropieza con Pinpín,
su amigo, el pequeño pingüino.
—Apareces justo cuando más te necesito —dice
Polo—. Quiero preguntarte algo: tu mamá...
¿cómo te quiere? ¿Te quiere con todo su corazón?

Pinpín reflexiona.
La imagen de su madre arropándole entre sus alas le pasa por la cabeza como un rayo.
—Mi mamá me quiere con sus alas —dice Pinpín—. ¡Son tan calentitas!

Un poco más lejos, Polo se encuentra
con Lunares, la pequeña foca.
—Por cierto... —susurra Polo— ¿sabrías
decirme cómo te quiere tu mamita?

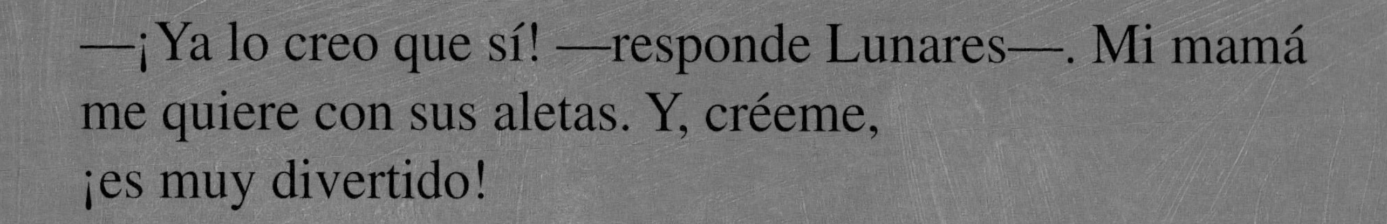

—¡Ya lo creo que sí! —responde Lunares—. Mi mamá
me quiere con sus aletas. Y, créeme,
¡es muy divertido!

Polo está cada vez más confundido.
Continúa su camino y ve a Rayo de Luna,
el cachorro de lobo blanco.
En seguida le pregunta:
—Rayo de Luna, yo sé que tú quieres
a tu mamá, pero díme... ¿cómo
te quiere ella a ti?
Rayo de Luna se queda muy sorprendido.
—¡Qué pregunta más graciosa! —le
dice—. Mi respuesta es bien sencilla:
mi mamá me quiere con sus dientes.
Simplemente, me da bocaditos...
¿Te lo muestro?

Pinpín, el pequeño pingüino,
Lunares, la pequeña foca, y
Rayo de Luna, el cachorro de lobo blanco,
siguen a Polo hasta su casa.

Cuando Polo encuentra a su madre,
va a frotarse contra ella.
—¡Qué piel más suave...! —dice Polo—. ¿Eso significa que me quieres con tu piel?

—Sí —responde ella—. Y con todo mi cuerpo.

—¿Con todo tu cuerpo?
No entiendo —dice
Polo—. Si me lo explicaras...
—Bien... con mis ojos,
por ejemplo.
—¿Con tus ojos, mami?
—¡Claro que sí! Cuando
te veo venir, soy
tan feliz que mis ojos
se iluminan.

—Es cierto que brillan muy fuerte. Y tu nariz también brilla... ¿Es que me quieres con tu nariz?

—Naturalmente. Cuando te abrazo,
¡hmm... hueles tan bien!

—Entonces, con tu boca... ¿también me quieres?
—Sí. Me encanta mordisquearte.
—¿Y con tus patas?
—¡Claro! ¡Es estupendo hacerte cosquillas y levantarte por el aire! Y no te olvides de mi espalda y de mi panza. Te lo digo otra vez: con todo mi cuerpo, mi pequeño Polo... ¡Y con todo mi corazón!

Polo se acurruca junto a su madre.
Ha sido un día muy largo,
lleno de sorpresas, y está agotado.

—¿Sabes, mami? —dice de pronto—. Yo
te quiero incluso con mi sueño.
Los ojos le pesan tanto que, muy pronto,
Polo se duerme y... una gran sonrisa
ilumina su cara.

"¡Ah! ¡Esto es querer
con su sueño!", piensa
su madre mientras lo acaricia.
"Creo que tú también, Polo,
lo sabes muy bien.
¡Me quieres con todo tu corazón!"